죠르디 24시

글 : 죠르디
그림 : 김그래

NINIZ

죠르디 24
NEW

주문하신 죠르디 나왔습니다

이별 김밥

눈썹의 비밀

무한 반복

한입만

아이스 링크

공부를 시작할 때

게임오버

우산은 비를 막아줘요

내려주세요

바짝 말려야 해

가장 고민되는 순간

요술램프

증명사진

면접 연습

취업의 꿈

티끌 모아 태산

죠르디가 냉장고 문을 여는 법

-

피자먹기 좋은 날

머리하는날

한 입 만 2

하기 싫다

배터리

꽃이 좋아

벚꽃

단체사진

징크스

2개의 날

꿈 같은 일

눈놀이

파리여행

파리여행2

만우절

목욕탕

아기 니니즈 삼형제

외로워도 슬퍼도

궁핍한 미식가

평화로운 중고장터

버섯 재배

-

죠르디의 주말농장

잔디깎기

공사알바

피팅모델

비행기를 타면

해외여행

소원을 말해봐

친구인 이유

소 매치기

초상화

죠데렐라

죠르디TV

디디디자로 끝나는 말은

중독

직장 3대장

텔레비전에 내가 나왔으면

바다여행

한 여름의 정류장

나 때는 말이야2

박수칠 때 떠나라

조선시대

놀이동산

뽑아줘

쵸르디가 냉장고를 닦는법

건강검진

매운맛 공룡

각도의 중요성

용가리

간절히 원하면

간절히 더 원하면

수잔느와 친구들

주말의 요정

뜻 밖의 쵸르디

파티 준비

마지막 인사

주문하신 죠르디 나왔습니다

흔들
흔들

흔들
흔들

?
스윽
MENU
?

짜잔!

이별 김밥

폐기 10분전
두근

폐기 5분전
두근
두근

폐기 1분전

아....

눈썹의 비밀

사각
사각

사각
사각

에... 에...
간질
간질

생각보다 마음에 들었다.

무한 반복

죠르디는
악어야?

죠르디는
애벌레야?
곰룡…

죠르디는 뱀인가?
아님 초록색 파프리카?

곰...

죠르디는 악어야?

한입만

등 뒤에
노란건 뭐야?

버섯이야

주륵

입맛 다시지 말아줘..

아이스 링크

스노우타운 아이스링크
신발대여소
1켤레 : 5000원
탈
탈
500

아이스링크

공부를 시작할 때

오늘도 화이팅!

슥삭
슥삭

공부할 힘이 없네...

게임오버

GAME OVER!

우산은 비를 막아줘요

부아아앙—

'비'만 막아줘요...

내려주세요

이번 정류장은 스노우-

다음 정류장은…

바짝 말려야 해

위이이-잉
7

위잉—
위이잉-

위이이-잉-

보송보송해요

가장 고민되는 순간

흐음 …

흐ㅡ ㅡ음

흐으으으음…

참치김밥
하나요!
MENU

요술램프

아니 이건 요술램프?!

샤샤샥
샥
샤샤샥

왜 아무일도 안 일어나지?
샤샥
샤샥
샤샥
샤샤삭
샤 샤샥
조용...

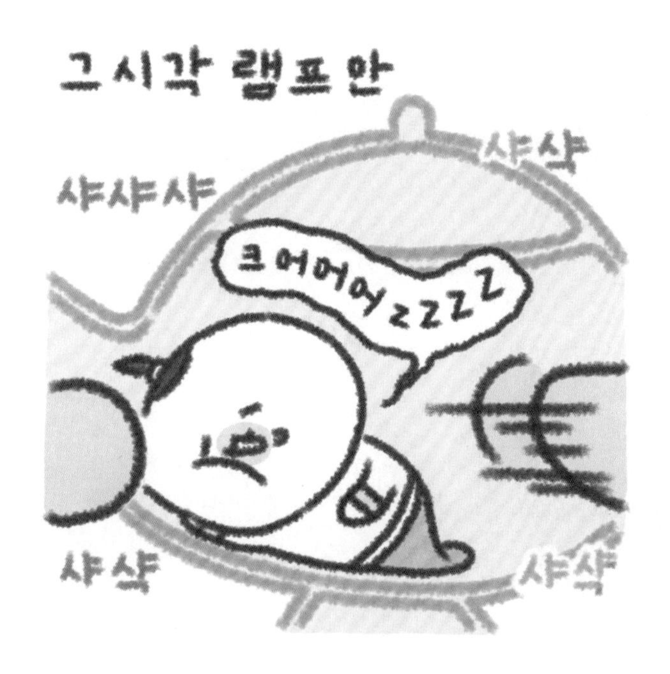
그 시각 랩프 안
샤샤샤
샤샤
크어어어zzzZ
샤샤
샤샤

증명사진

긴장...
하나..둘..

신뢰가는 미소-

어、눈 감았...
찰칵
찰칵

치 ——이즈—
찰칵
찰칵

면접 연습

저는 유능한 인재입니다

자격증도 수십개 있지요!

저를! 채용하십시오!

취업의 공

합격자 발표
죠르디
검색

합격

신ㅡ나!

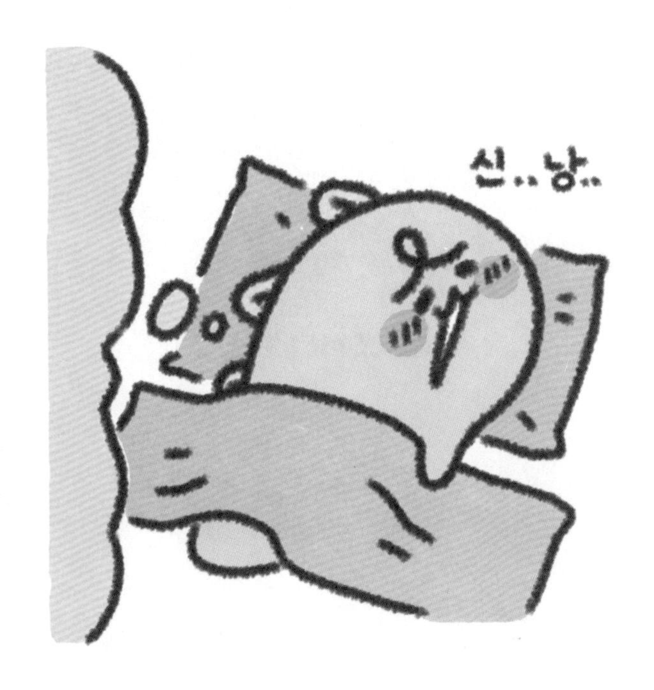
신..낭..

티끌 모아 태산

저금 하러왔어요

뒤적 뒤적

완료되었어요-
두-근!
통장

티끌모아 태산…

죠르디가 냉장고 문을 여는 법

꾸욱

주우욱—

짜 잔—

HOT
빠나나
빠나나
빠나나
죠구리
죠구리
NIWI
CHIP
POTO

PIZZA
PIZZA
홍삼
스페셜
스페셜
ATM

1. 홍삼 캔디 편의점에서 유일하게 죠르디만 사먹는 사탕. 건강에 좋을 것 같지만 초코맛 캔디보다 설탕이 더 많이 들어갔다. **2. 참치마요 삼각김밥** 죠르디의 최애 삼각김밥. 가끔 폐기 때 공짜로 먹을 수도 있다. **3. 앙텔라** 자칭타칭 앙몬드의 최애 주식. 소문에 따르면 앙몬드는 하루에 8통의 앙텔라를 먹는다고 한다. **4. 빠냐코코낫** 버터를 듬뿍 넣어 고소한 코코넛과자. 빠냐와 콥이 추리영화를 볼 때 먹다보면 항상 챙기는 과자이다. **5. 앙바사** 매운 음식을 먹을 때 필수인 음료수. 양양 앞바다의 파도가 입안으로 헤엄쳐 오는 듯하다고.. **6. 스페샬 J** 죠르디의 최애 시리얼. 먹다보면 항상 우유 혹은 시리얼이 모자란다고 한다. **7. 니니 치즈 피자** 엄청나게 잘 늘어나는 치즈가 특징인 피자. 치즈가 몸을 칭칭 휘

감지 않도록 주의해야 한다. **8. 죠구리** 다시마가 특징인 라면. 다시마가 두 장 들어있으면 행운의 날! **9. 불빠냐 볶음면** 패키지 디자인처럼 극강의 매운맛을 가진 라면. 만만히 봤다가 기억 저편 용암 터질 때의 공룡 조상님까지 뵙고 왔다. **10. 빠냐냐맛 우유** 진한 바나나맛이 특징인 우유. 일요일 오전, 목욕탕에서 개운하게 땀빼고 마셔줘야 한다. **11. 스카피의 고기고기 도시락** 스카피 셰프의 신메뉴 도시락. 편의점에서 쉽게 볼 수 없는 푸짐한 구성이 특징이다. **12. 니니칩** 팬다가 좋아해서 자주 사가는 감자칩. 니니 고원의 햇감자로 만들어져 단짠단짠의 맛이 일품이다.

피자먹기 좋은 날

냠
냠

주——욱

쥬-우우욱

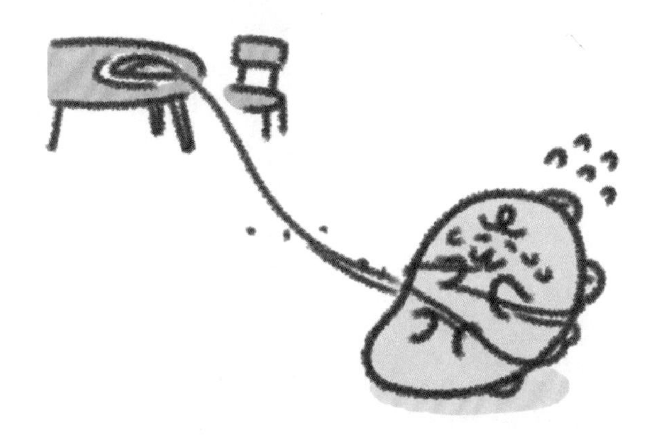

머리하는 날

두
둥
....

마음에
드세요~?
네..에

한 입 만 2

나 파마 망했어..

아냐 괜찮아...

주륵
?

입맛 다시지 말라니까....

버섯 볶음...

하기 싫다

아... 설거지 하기싫다...
뽀득
뽀득

아.. 청소하기 싫다..
슥삭
슥삭

아.. 연습 하기 싫다..

말과는 다르게 열심히 하는 타입...

배터리

쪽...

우 ——
– 우

우
우
우
우

캬-

꽃이 좋아

꽃이 예쁘게 피었구나…

가만 보자...
찰칵!

톡... 톡톡.. 톡톡...토독...톡...

水路右峯
죠르디
아름다운 꽃 한송이 ^^*

벚꽃

오.. 벚꽃...

벚꽃... 잡고싶다...
낭만

낭만 있는 나!

휘적
휘적
하찮아...

단체사진

찰칵

찰칵

치ー즈ー
찰칵

20XX년 4월 10일 맑음

징크스

우 와~

벚꽃 떨어진다~

떨어진다...?
두
둥

떨어진다... 떨어진다..
시험에... 떨어진다..
시험기간이라 예민하다

2개의 날

헉!

허억!

오늘은.. 뭔가 되는 날이다...!

두!
아...
TONIC
둥!

꿈 같은 일

캐릭터 페스티벌
올해의
캐릭터는!
두구
두구
두구
두구
두구

죠르디!

일어나 주세요!
일어나!
일어나!
일어나!

죠르디는 그 날 알람소리를 바꿨다.

눈높이

아.. 안녕하세요...

좋은 아침이네요..

면접 갑니다..

주름이 안 펴져서 걱정이다..

파리여행

부럽...

SNOWTOWN PARIS
900,000₩
BUY
헉!

900.000₩
×1.000
음…

안 갈래

파리여행2

하지만 자꾸
생각난다..
부럽..

찰칵
찰칵

파.. 리 에.. 서...
한... 컷....
톡
토독
톡 톡

3LIKES

만우절

여보세요... 사장님...
제가 몸살이 걸려서...

오늘 만우절인거
내가 모를줄 알아?!
아..아니

장난 아니고
진짜 아픈데..
띵동
골록
서럽..

누구세...
죽

식기 전에
먹어~
감사해요
사장님...

목욕탕

불가마목욕탕
성인 : 7
어린이 : 3
성인 1명이요

슥삭
슥삭

크으-
시원-하다

개운해~

아기 니니즈 삼형제

첫째는 짚으로 집을 지어
앙늑대의 바람에 날아가버렸고

둘째는 나무로 집을 지었지만
앙늑대의 바람에 날아가버렸고

지혜로운 셋째의 집은…

반지하에 있어서
늑대가 찾을 수 없었어요
근데
어딨지?

외로워도 슬퍼도

난... 슬플 땐...
으음

하늘을 봐....

상각김밥..?

궁핍한 미식가

물끄럼...

참치김밥
냥

속
해
물끄럼...

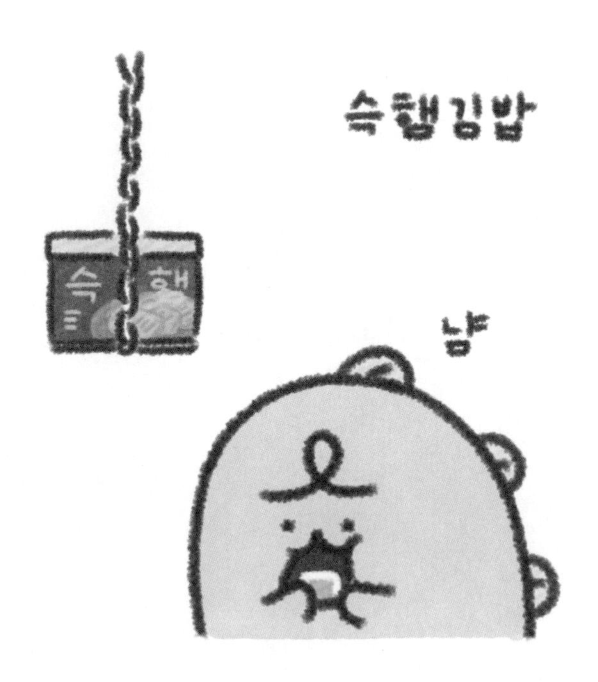
슥햄김밥
냠

평화로운 중고장터

앗!
중고판매합니다
가격 5000원

중고물품보냈어요 ^^
쿨거래 감사
ATM
까톡!

택배왔다♡

버섯 재배

Z
z
스윽

졸졸졸
Z
z

헉!

물을 주면 잘 자라는 버섯

니니산악회
데리우스
코코
맵뽀끼
NINIPOLY

1. 수잔느 처음에는 불순한 목적이었지만, 지금은 사랑으로 키우고 있는 죠르디의 반려 식물. **2. 멜로디언** 죠르디의 구슬픈 감성을 채워주는 멜로디언. 삘리리 삘릴리리 삘리리~ **3. 스케이트 보드** 5천원에 산 귀여운(?) 스케이트 보드. 비록 타진 못하지만 버리지도 못하고 있다. **4. 니니 게임기** 정말 옛날 옛적에 산 레트로 게임기. 이젠 돈주고도 못사는 게임팩들도 가지고 있다. **5. 돼지 저금통** 죠르디의 티끌을 모아주는 돼지 저금통. 결국 배를 갈라 간식을 사 먹는 건 비밀이다. **6. 무지개 먼지털이** 은행에서 받은 무지개 먼지털이. 집안 구석구석의 먼지를 야무지게 털어준다. **7. 니니폴리** 앙몬드가 집에 놀러올 때 많이 하는 게임. 잠시나마 부자가 된 듯한 상상을 할 수 있다. **8. 산악회 기념 수건** 니니 산악 동아리에서 받은 기념 수건. 열심히 산을 오르다 동아리에 캐스팅 되었다고 한다.

하면된다.
9
TONIC

9. 자격증 모음 죠르디가 가진 각종 자격증들. '취준'을 하며 하나둘 따다보니 많아졌다. **10. 토닉 문제집** 니니어 실전 문제만 담았다는 토닉 문제집. 펴자마자 졸음이 쏟아져 아직 완독은 못했다. **11. 전기 모기채** 벌레가 많은 반지하 방의 필수템인 전기모기채. 아직 같이 살기에 벌레 친구들은 조금 무섭다. **12. 정기 예금 통장** 니니은행의 정기 예금 통장. 티끌 모아 태산을 꿈꾸며 저금하고 있다. **13. 이력서** 죠르디가 열심히 작성한 각종 지원서. 지원하는 회사 별로 여러 버전이 있다. **14. 노트북** 켜는데 5분 정도 걸리는 두꺼운 중고 노트북. 자소서도 쓰고 지뢰 찾기도 하는 소중한 첫 노트북이다. **15. 카페 쿠폰** 커피를 마시며 모은 카페 쿠폰. 아껴뒀다가 폐업한 카페도 몇 개 있다. **16. 죠르디의 다짐** 취업에 대한 의지를 담은 손글씨. 소싯적 붓글씨 좀 날리던 실력으로 직접 쓴 것이다.

죠르디의 주말농장

요즘 대세는 유기농이죠.

열심
열심
씨앗

땅의 결실..!

유기농 잡초!
뿌듯

잔디깎기

탈탈탈탈탈

탈탈탈탈탈

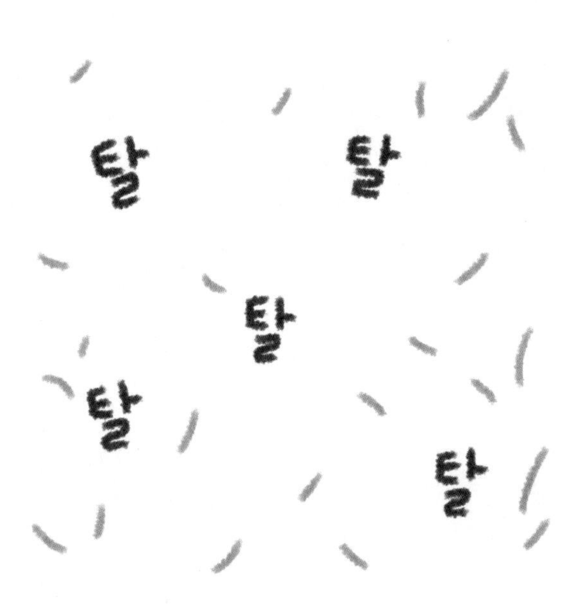
탈
탈
탈
탈
탈

길리슈트가 되었어요.

공사알바

죠씨는 이 옷입고
저기서 일하면 돼여

주섬
주섬

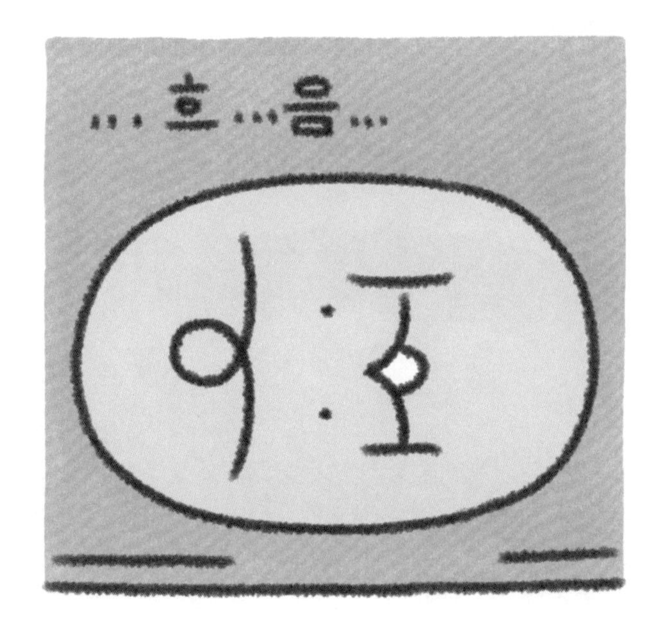
...흐...음...

흐으으음....

칭찬에 약한 쵸씨.

피팅모델

강아지 옷모델
지원하셨죠?
넵!

찰칵
오케이!
좋아요!!
찰칵
굿!

지금 좋아요!
찰칵
찰칵
굿굿!
귀여워요!

뭔가 복잡하다;;
뿌듯한데..
좋아요!
좀더 개같이!
좋아

멍!

비행기를 타면

죠르디
비행기 타봤어?
아니

신발 벗고
타는거 알지?
뭐래
=3

머쓱...
토닥토닥...
...

비행기에서 신발
검색
토독
토독

해외여행

어디가지...
파리?

뉴욕?
흐으음...

하와이?

얼른던져~
하와이
뉴욕
서울
니니폴리

소원을 말해봐

달님...
부자가 되게
해주세요...

다음날 밤

죠르디 잘하네..
...

?
이런 부자 말고욧!

친구인 이유

근데
우리 어디가?
너 따라 가고
있는데?
...

우리가 그렇지 뭐!
껄껄
껄껄

소매치기

아 앗!!
내 초코쨍!!
엇!!
내 지갑!!

내 여권!!
내 돈!!

앗!! 내 가방은?!

멀쩡해!
안전~

쟤는 건너뛰자.
ㅇㅇ.
헤헤...

초상화

초상화

멋지게
그려줘!

파바바박!
파바밧

짜—
—잔

쵸데렐라

내 이름은 쵸데렐라.
오늘은 꼭 무도회에 갈 겁니다.

앗! 요정님!?
요정미 뿜뿜

요정님!!
호박마차는
어디있죠!?
멈-칫!

앗.
톡.

냠냠...
...

2020년 인기 직업
• 스토리어
나두...!

LIVE
죠... 죠-하!

빠냐냐냐 님이 입장하셨습니다.

앙몬드봉봉 님이 입장하셨습니다.

팬다짱짱맨 님이 입장하셨습니다.

케르베로스 님이 입장하셨습니다.

팬다짱짱맨 : 뭐야 이 초록똥은

방종

디디디자로 끝나는 말은

디디디자로~ 끝나는 말은

사우디
비발디

스터디
금잔디

그리고 죠르디!

중독

디디디 자로 끝나는 말은...
BUS

디디디 자로 끝나는 말은~
디디디자로 끝나는말
D-3

디디디 자로 끝나는 말은~
디디디자로 끝나는 말
디디디디자~

○△시험장
디디디 자로 끝
디디디자로 끝나는말
디디디

직장 3대장

#$@!!
업무 스트레스

야 근

회식

해보고 싶다...
불합격

취업준비물

오케이..
자격증 10개 이상..
△○ 회사
신입 자격요건

토.. 토늭.. 200점만점..
199점 이상...
△○ 회사
신입 자격요건

경력같은 신입...
△○ 회사
신입 자격요건

Q. 신입사원 경력은 어디에서 준비해야 하나요?

조르디아님 님의 질문

A. 저도 몰릅니당

앙몬드님의 답변

사회생활

넵!
(적당한 느낌)

넹~
(가벼운 느낌)

네...
(시무룩한 느낌)

(4마리)

역시 넵이 제일 괜찮군

꿈에 그리던 주말

TODAY
금
드디어..
내일 주말...

내일은 원없이
놀꺼야...

미친듯이 놀꺼야!

스치듯 지나간 주말...

월 급 날

저는 오늘
사치를 부릴
예정입니다

후후...

월급

카———드

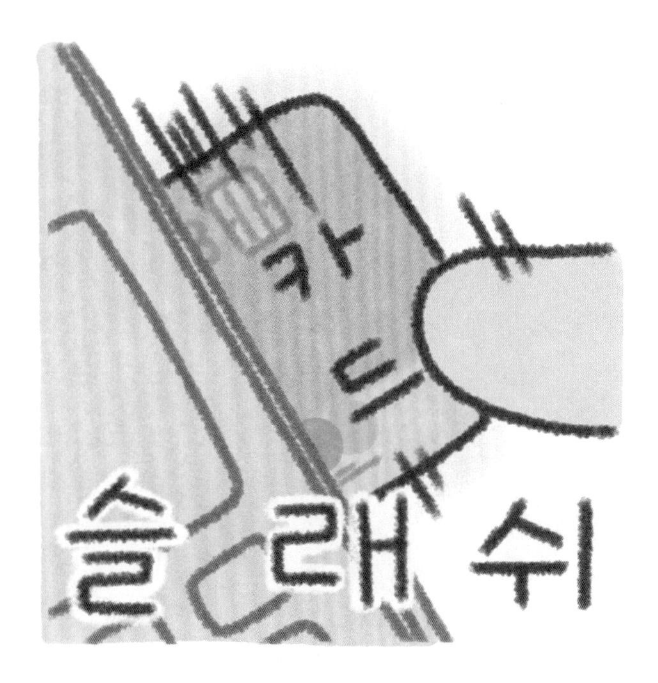
카드
슬래쉬

잔액이 부족합니다
?!

퍼가요~♡
퍼가요~♡
퍼가요~♡

사연응모

죠르디 뭐해?
나 '사원님'에
사연 써.

진짜?
당첨되면
선물도 준대.

나도 쓸래

휴.. 힘들었다..
나도~
대충~
죠르디라고 하오..
바야흐로 내가 앙모
나이트랑 친구하던
시절..어린 시절에
내친구와 나는..어쩌
구..저쩌구...그쩌
구...어쩌구.....
앙몬드
내 가 어제 재
밌는일 있었는데
궁금하면 나
봐 아 죠.

당첨자 발표

사연 당첨자에게는
경품을 보내드린댜!!

당첨자는!
스노우로 17가

방구석에사는!

앙몬드!

니니 컴퍼니

NINI COMPANY

WARNING
본 특별편은 니니즈 세계관과 무관하며
사실에 기반하지 않습니다.
재미로만 즐겨주세요!
체크를 잘하자
업무노트

시안
체크 V
미팅
2:00
B안 컨펌
00132
제1회 니니워크샵
앙 대리랑!

그런 사람

멍?! 막노동도 해보고
역사에 관심도 많고! 자연에도
관심 많—은 그런 인재 없나?
콩!

이.. 있습니다!!

죠르디
· 버섯 채취 잘해용
· 공사 알바 해봐써용
· 화석알바 경험있써용
· 자격증 짱많음
합격

출근 첫날

이 회사... 낮은 사람도
소중히 대해주는구나...!
찾았다 내회사...!
찌ㅡ ㅡ잉

흠...
안녕하세요!
좋은 아침이죠!

라전무님..!
그냥
두세요~

회의의 정석

회의실
엇?

이것이 고객을 위한 길입니까-!
기획자님의 논거에 반박 하겠습니다!
땀과 열정이 가득한 회의..!
충돌과 존중으로 이뤄지는 프로젝트..!
역시 멋진 선배들..!

회의실
꼭 선배들처럼 돼야지
...

그시각 회의실
아 오늘은
돈까스 먹자니까!!
어제도 먹었잖아요!
오늘은 파스타 먹어요!

복사하는 법

하.. 지만 이건 나의
첫 임무야..!
어떻게든
해내보이겠어!

복사 다 됐나요?
자..
잠시만요!

이 폰트 뭐예요?
...?
손글.. 아니
맑은공룡체요..

증후군

흠…
아 그리고
집에 너무
가고 싶어져요!
심리치료사 팬다

당연한 현상입니다.
저도 집에 가고 싶네요.
…네?

지베가고시퍼
증후군이죠.
죽을병은
아니죠..?
그럼요

휴가

휴가 3일차
행복해ㅡ

며칠 후 회사
불행해...!
...

회식

져르디씨! 제가 올마나 조아하는지 아시져?!
졍말여?

그렴여 앞으로 꼭 말놓코 편하게 꼭 지내여!
조아여! 이래놓코 아는척 안하심 꼭 섭섭함다?

다음 날

모든 것이 리셋

느낌적인 느낌

RE:수정
죠르디님
좀 더 화려하지만 심플한
느낌으로 부탁드려요.
화려...?
심플...?

RE:RE:수정
이런 느낌일까요?
ㄴ음.. 뭐랄까...
추상적이면서 모던한 거..
아시져?
추상적이면서
모던한 거...

RE:RE:RE:수정
그럼 이건...
ㄴ아니 약간 샤~하게.
알져? 샤~~느낌
샤~?
샤~?

RE:RE:RE:RE:수정
이건가요?
ㄴ아.. 이느낌이 아닌데...
뭐야
뭔데

일주일의 희망

또또명당
1등 9번
당첨된집
쵸아쵸아
또또명당이라니
이번주 느낌이 좋네여

이거 이러다 다음주에
저희들 퇴사하겠습니다?
되면 내가
니니패드 사줄게요

저는 니니콤퓨타
사드리겠습니다!
껄
껄
껄
껄

그리고 아무 일도 없었다.
꽉
꽉

또또되면 진짜
이 바닥 뜬다..

니니 긴급회의

꿈이야..이건 꿈이야..!
꿈이라고 해주세요..!!

짹 짹
꾸.. 꾸미라고...

하면된다.
토닉 만점!
할수있다

NINIPOLY
1000

디 엔드
THE END

쵸럼퓨터
스케치북
지원서_최종
좋은글귀&
명언모음
TALK
가가오톡
메모장
쓰레기통
17
달력
조직도
쵸터넷
프로그램
즐겨찾기
문서
설정
찾기
로그오프
시스템 종료(U)
NINIZ 95
시작
조직도
가가오톡
오후 5:43

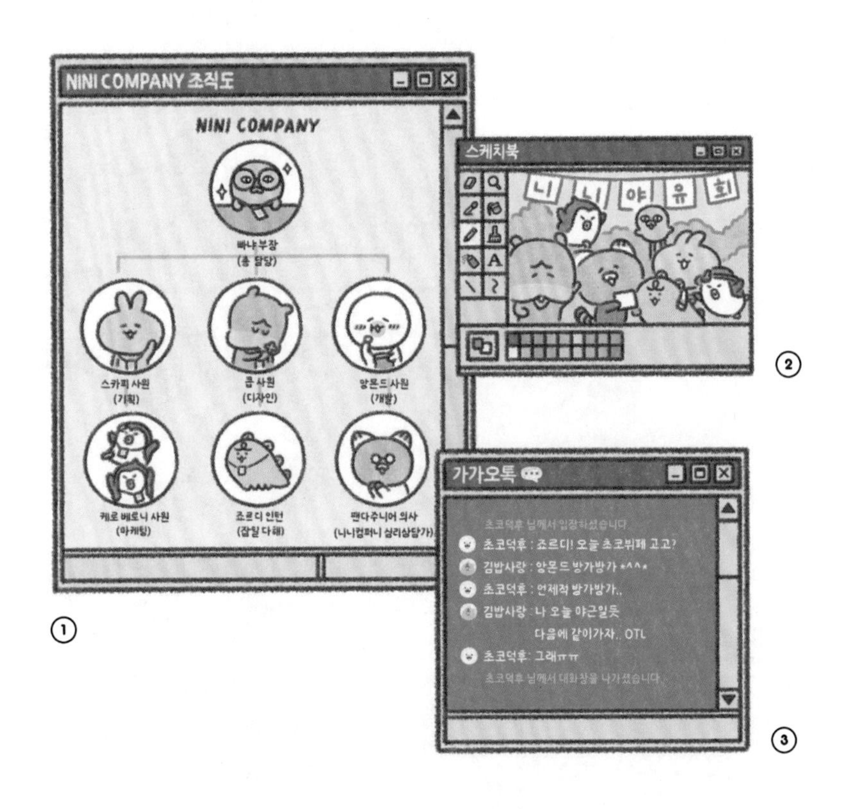

1. 니니컴퍼니 조직도 니니컴퍼니에 근무하고 있는 직원들의 조직도. 빠냐 부장 밑으로 다양한 직군의 직원들이 조촐하게 근무하고 있다. **2. 니니컴퍼니 야유회 사진** 죠르디 입사 이후 다 같이 간 야유회 사진. 빠냐 부장의 고집으로 등산을 했지만, 어쩐지 죠르디의 취향에도 맞았다는 후문이 있다. **3. 가가오톡** 종종 초코덕후와 잡담을 나누는 톡방. 죠르디의 타자가 느려서 답장이 느리다고 한다. 업무용 톡방은 구분 필수.

근면성실
부장 바냐
초코잼
만들기
Error!

4. 사원증 니니컴퍼니의 직원만 가질 수 있다는 사원증. 죠르디가 입사 첫날 하루 종일 뿌듯하게 쳐다봤다고 한다. **5. 후방주의 거울** 죠르디가 빠부장의 동태를 살피기 위해 가져온 거울. 가끔 느껴지는 은근한 시선에 거울을 두었다고.. **6. 라전무 콩인형** 니니컴퍼니의 자랑! 라전무 콩주머니 인형. 라전무님의 카리스마를 보고 롤모델로 삼았다. **7. 죠르디 텀블러** 죠르디의 수분을 채워주는 텀블러. 얼음이 잘 녹지 않아 시원하게 마실 수 있다. **8. 명함** 죠르디의 회사 생활용 명함. 50장이나 뽑았는데, 막상 사용할 일이 별로 없다. **9. 뽀송뽀송 슬리퍼** 빠부장의 핑크 슬리퍼. 빠부장의 발소리가 나지 않아 가끔 사원들이 놀라곤 한다. **10. 산소뿜뿜 가습기** 답답한 사무실 공기를 바꿔주는 아로마 가습기. 스카피의 가습기지만 죠르디도 조금 덕을 본다. **11. 나뭇잎 캐노피** 케로의 에어컨 바람막이용 캐노피. 펭귄이지만 추운 건 싫다며 캐노피를 설치했다.

수잔느

일주일동안 키운 대파!
오늘은 파전이다!

죠르디야...
?!

우리...
행복했잖아...
기억나니..?
우리의 추억...

찌— 잉—

툭

나 때는 말이야

아... 여기도 참
많이 변했네...

나 때는...

활화산이었는데..
펑
펑

그런 말 하기엔
너무 오래 전인걸..

각자의 취향

쵸르디야
사탕먹을래?
웅!

고마워~
초코맛

너도 먹을래?
죠앙!
뒤적
뒤적

아니..
안죠앙..
홍삼
캔디

에이~
이 맛을 모르네~

대나무숲

두리번
두리번

휙
휙

앙몬드 초코잼~
내가 다 먹었지롱~
쩌렁
쩌렁

스윽...
진~짜
맛있었지롱~

오 늘

OO.
그래서 말야
내가~

두두두두
그 삼각김밥을
집어서~

나 오늘
생일이다!

와하하하
꺄하하하하!!
.....

근데 우리 무슨 얘기
하고 있었지..?
글쎄..

영화보는 날

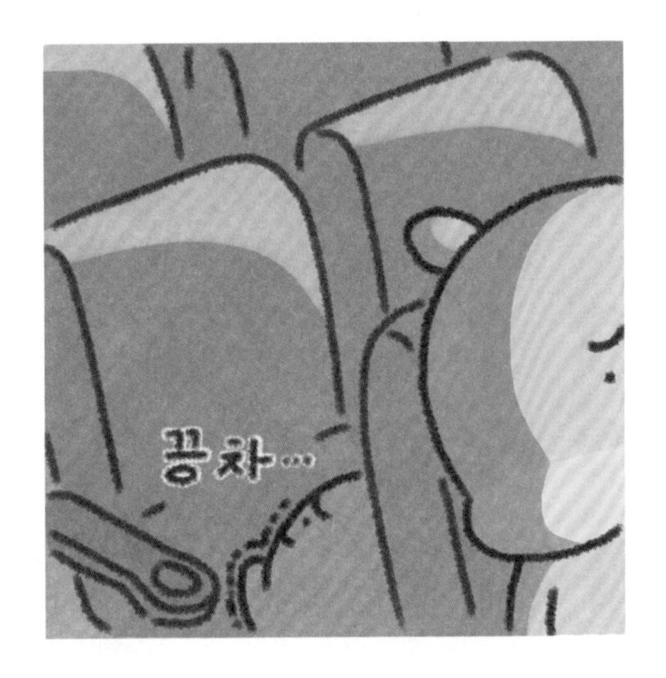
끙차…

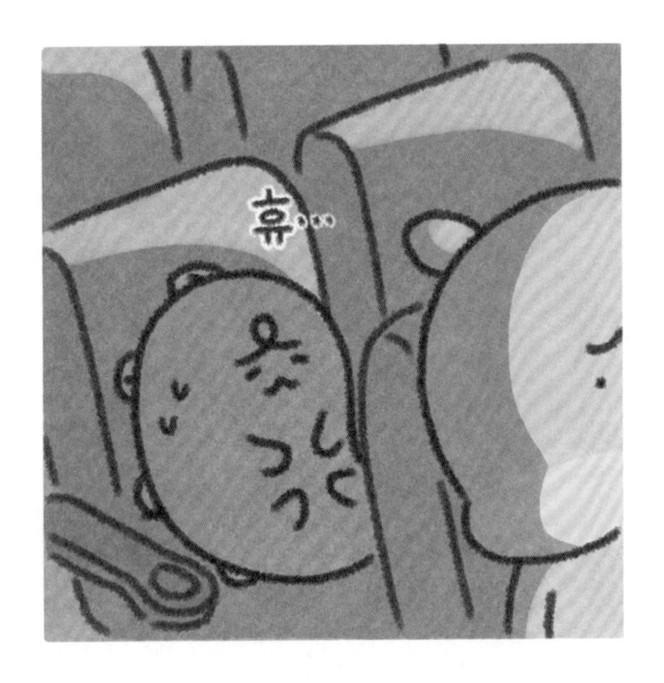
휴...

무서운게 제일 좋아

스윽-
W.C
쏴아아

우우우~

빨간휴지줄까
파란휴지줄 까~
허억...?

...
그..그냥
주시는 건가요..?
대박적 감사..

(만족한 죠르디)

앙젤과죠레뎰

★현위치
우리 미로에
갇혔나 봐..!

어떻게든 나갈 방법을
찾아내야해...!!

빵조각을 뿌려서
길을 표시하자!

빵조각을 왜.
개가 뭘 잘못했는데
소츕...
(아쫍)

영원히 함께

앗 이에 꼈다...!

씰룩
씰룩

양넝히강헤여~~
씰룩
씰룩

씰룩
씰룩

씰룩
씰룩

마지막 기회

제발...

한번만 더
기회를
주세요...

내가 뭘
어떻게
한거지..

비밀번호 오류
로그인 시도 1회 남았습니다
ID kimbob_lover
PW *****
아아... 으아아...

뫼비우스의 아침

탈
탈
MILK
시리얼을 부었는데

콸
콸
MILK
페샬
J
우유가 모자르고

냥
냥
페살
J
MILK
우유를 부었는데

탈
탈
MILK
시리얼이 모자르네

꺼억~

힘든 하루

열심
열심
열심
열심

휴.. 오늘 하루도
힘들었다..

얼른 씻고
자야지..
어 왔냐

왜 나만
열심히 살고있는 기분이지

사 각

사각

사각
사각

사각
사각
사각
사각
사각

사각!
(아무 말)

겨울 아이템

마스크

털모자

귀마개

롱패딩

이렇지 않을까?
...

창작의 고통

흠...

이게 아냐!!
휘ㅡ

더 멋진 한 줄이
필요해...

더 멋진...!

면접날

죠르디 씨,
특기는 무엇이져
면접관

저의 특기는!
앗! 준비한 질문!
그 때 분명히!

특기는 입니다!
잘하는 것은 고요.
와 에
자신있습니다!

부..분명히..!

버섯채취를
잘 합니다!

(아무말)

마인드 컨트롤

전단지가
붙었어-!

급여
조건
조건이
붙었어!

살이 붙었어!

천장에
붙었어!!

면접도 붙으면 좋겠다...

처음부터 끝까지 행복한 만화

니니 뷔페
이야—!

주섭
주섭

주섭
주섭

행복해♥

이번엔 뭐먹지?

T. P. O

회사
쵸인턴-
넵!

집
꼬질
꼬질

찜질방

파티
?!
들썩!
들썩!

SNOWTOWN
스노우타운
THE NEW
SAMGAK
GIMBOB
볼빠냐 맛, 참치맛
Alba trend
요즘 핫한 알바가 궁금하다고?
알바 A부터 Z까지!
집에서도 쉽게 키울수 있는
홈 가드닝 레시피
대파 양파 쪽파
Interview with
JORDY
HOW-TO
스카피의 요리비법
빠냐가 알려주는 요즘 부하직원 대하기
팬다의 성공적인 파티 만들기
1st Anniversary
스타일리쉬한 피플들을 위할지도 오르는 매거진

Q. 그동안 해본 알바는 무엇이 있나요?
A. 편의점 알바, 공사장 알바, 박물관 화석 알바 등등
불러만 주세요! 010-공룡공룡-버섯버섯!

Q. 죠르디는 어떤 동물인가요?
A. 많이들 애벌레나 파프리카 등으로 오해하시지만,
이래 봬도 유서 깊은 공룡 가문 출신입니다.

Q. 주말에 하는 특별한 취미가 있나요?
A. 주말에 종종 산에 오르는 것을 좋아해요. 스노우봉에
올라 참치마요 삼각김밥을 먹으면 세상을 다 가진 기분이죠.

Q. 평소에 어떤 패션을 즐겨 입나요?
A. 제 몸과 마음이 모두 편해질 수 있는 패션을 선호해요.
진정한 자연스러움이 나오는 것, 그것이 제 패션 철학입니다.

SNOWTOWN

1. 솔솔 베레모 아아 떠오른다 떠오른다!! 쓰기만 해도 아티스트적 영감이 솔솔~ 더불어 솔솔 날리는 보풀은 덤~ 가격 4천 원, MOJARA **2. 공사 유니폼** 모두 주목~! 오늘은 내가 주인공! 시선 집중 패션 아이템. 가격 미정(공사장 협찬), MARK-NODONGCOBS **3. 수염 3종 세트** 어리다고 놀리지 말아요~ 중후한 멋을 뽐낼 수 있는 수염이 무려 3개나 들어 있다. 가격 3천 원, ET-HEM **4. 편의점 유니폼** 친절과 무뚝뚝 사이. 편의점 척척박사가 되어보자! 조끼 안쪽의 큰 수납 주머니가 특징. 가격 미정(니니마트 근무 시 증정), 니니마트 편의점 **5. 안보여요 패딩** 시야를 포기하면 가능! 스노우타운의 추위에 떨지 말고 극강의 따뜻함을 느껴보자! 가격 7천 원, niniface **6. 훌라 댄스 꽃과 치마 세트** 지금 이곳이 하와이?! 입기만 해도 신나는 훌라 세트! 훌라~훌라~ 앙몬드 협찬, angmond **7. 집콕 추리닝&안경 세트** 방구석 룩의 정점! 백수라고 오해 받을 수 있지만 이보다 편할 수 없다! 가격 7천 원, JIP-KOK **8. 후줄근 가방** 무엇이든 수납 가능 소매치기도 훔치지 않는다는 도난 방지 기능까지 탑재! 가격 5천 원, GUZIL

텔레비전에 내가 나왔으면

죠르디!!
너 지금 TV 나와!
다급
다급

싱싱~정보통!
저기 저기!
어디어디?

싱싱정보통
NINIZ
오늘의 맛고향은!
어디 있다는 거야~
쩌~기 안보여?

쩌어어어어어거거거~기이
열심
열심

거봐 너 맞지?
어떻게 본거야...

바다여행

보글
보글

스윽-

두둥!

수족관 코너
...뭐해..
스노클링!!

한 여름의 정류장

맹-
BUS
맹-

1분후
맹-
BUS
맹—
—맹

3분후
BUS
맴-
맴-

5분후
BUS
안 타요?
...
아저씨 너무 늦었어요..

나 때는 말이야2

아... 너무 덥다...
더..워...
앵
앵앵앵

아.. 세상...
많이 변했네...

언제?
예전 이맘때..
그땐 시원하고
좋았지...

빙하기...
쯤이던가...
그건...
시원수준이
아니잖아...

안추워?
고향에
온것 같군...

박수칠 때 떠나라

쩍!

짝!

쪽!

위잉~
쑤익
쑤익

댄스연습
하나봐
진짜
열심히산다..

죠선시대

양반

마님

노비

왕

놀이동산

쵸르디!!
너무 신나지!
흐음..
그런가..
심드렁~

우리 꼬마기차
타러 가자!!
허허...
천천히 가..
우다다다다

이런 시시한 놀이기구
탈 나이는 지났는데..
슝슝~
출~발~
두근
두근

(신나버린 죠르신)

뽑아줘

위--잉

두근
두근
스윽

우오 오오오!!
쑤욱

결국 앙몬드가 뽑아줌

쵸르디가 냉장고를 닦는법

끙싯
끙싯

착!
폴짝

죠르르륵

뿌듯~

건강검진

환자분,
키 잴게요~
넹

위잉ㅡ
두리번
두리번

쭈우——욱

철컥!
어이쿠...

키가 줄었네요
넹...

매운맛 공룡

냠냠
뇸뇸
맵뽀끼

냠냠
냠냠
...
우뚝!
맵뽀끼

크아아아아앜!!!

불뿜는 공룡같아...
멋있어...

이렇게 매운 맛은
용암 터졌을 때 이후로 첨이야..
냠냠..

각도의 중요성

mond.ang 초코잼이랑 한 컷♥

오.. 인기 많네...
앙몬드 사랑해ㅠ
오늘도 귀엽ㅠㅠ

흠!

최대한 팔을 뻗어서...

옹가리

용가리
튀김
용...가리...튀김..??!!!?

살려죠...
보글
보글
쿠!
쿵!

어떻게...
그럴수 있어...
바삭
바삭

먹을래?
도리
도리

간절히 원하면

오옷!!
뽑기다!!

4번만
아니면
좋겠는데..
1
2
3
4

두근 두근..!
드르륵
드르륵

따ㅡ란ㅡ
4번 당첨!
추굴..
아나...

간절히 더 원하면

그래.. 2개 더 뽑으면

원하는 거 한 개는 나오겠지..

제발...!
드르륵
드르륵

따―
―란!
...

무너냐...이거...
...
수잔느

수잔느와 친구들

수잔느

수잔느
테리
우스

잘 크렴
얘들아~
수잔느
테리
우스
코코

언제 먹어?
안 돼!
소중~

주말의 요정

죠~~크리수탈~~

샤
랄

랄
라

집콕요정으로 변신!

쇼플릭스 꿀잼

뜻 밖의 죠르디

내 아들은
바로...!
헤헤

바로 너얏!
우리랏!?
오오오..!

삐롱
삐롱
Joflix
0%
앗!

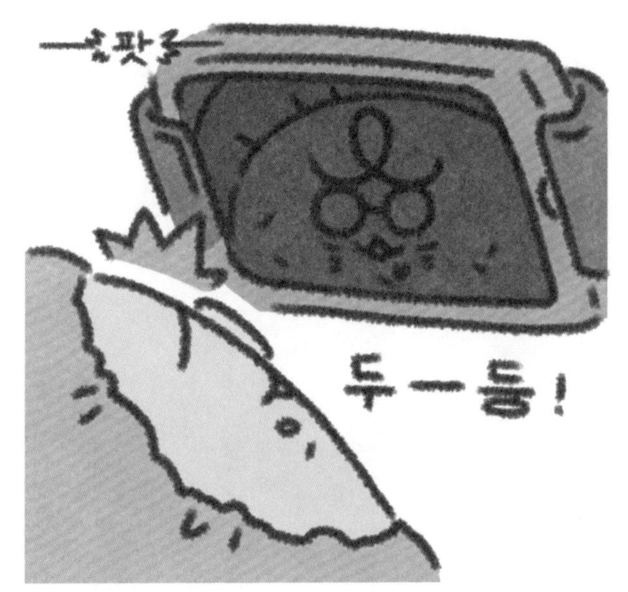
두-둥!

내가 저렇게 생겼나...

파티 준비

내일은 죠르디24시 마지막화!
파티를 열어야겠어여.

일 하느라
바빠
고객님의
전화가 걸려
있어...
여보ㅅ...
다른
파티가
있어!

그냥 집에 있을래!
에잉 귀찮아!
흐 억
귀...귀...찮아...?
툭

여...러분들은 와주실꺼죠...?

마지막 인사

안녕하세여...
진짜 마지막.. ..화네여...
썰~ ~렁

비록.. 저 혼자 하는 파티지만
와주셔서 감사해여...
스윽
쓸쓸...

그동안 여
죠르디랑..
죠르디!

마지막화 축하해!!!
마지막화파티♡
그동안 죠르디24시를
사랑해주셔서 감사합니다.
다음에 다시 만나죠—!

길리슈토
조르디야
나 앙몬드야
마지마*화 축카해
왕 애벌레 아님!
마지막화 파티♡

나 모델했을때^^
티비
나온날
반려견 의류 쇼핑몰

NINI AIR
ECONOMY
탑승권
NAME JORDY
FLIGHT NE708 1736 TO PARIS
TIME 10:45
10:15
32

파리에서 먹은 사탕♡

인생세컷
수잔느
코코
사랑하는 내보물♡
앙몬드 칭닭아...

자유이용권
NINIWORLD
어른 ADULT
001-433-199
공룡 우대권
07.22
07.22.13:21
水路右峯
니니월드에서!

Printed in the Republic of Korea
2020년 10월 8일 초판 3쇄 발행
ISBN 979-11-6036-118-6 02810

펴낸곳 레퍼런스바이비
주소 서울시 용산구 대사관로 35 (한남동)
전화 02-540-7435

Kakao
co-CEO 여민수, 조수용
Directors 최경국, 윤영진
Creative Planning & Art Directing 라성민, 곽은서, 장경은, 정소현, 김아진, 김선주
Marketing 이은영, 최선, 김경민

B Media Company
책임편집 박은성
디자인 최유원
마케팅 김현주, 김예빈
유통 김수연